AF454482

VENTE DU JEUDI 18 AVRIL 1889

HÔTEL DROUOT, SALLE N° 5

à 2 heures

OBJETS D'AMEUBLEMENT

ET DE CURIOSITÉ

Beau Meuble de Salon de style Louis XIV

en bois doré et velours de Gênes

Riches Sièges et Tentures — Curiosités — Bronzes — Bois sculptés

Important Surtout de table de chez Christofle

TABLEAUX ANCIENS

Dessins — Portrait par H. Flandrin

LIVRES

EXPOSITION : *Le jour de la vente*

DE MIDI A DEUX HEURES

COMMISSAIRE-PRISEUR	EXPERT
Mᵉ M. DELESTRE	**M. B. LÁSQUIN**
27, rue Drouot, 27	12, rue Laffitte, 12

HONOR
ADDITVS
NATVRÆ
IMPRIMERIE DE L'ART

CONDITIONS DE LA VENTE

La vente sera faite au comptant.

Les acquéreurs payeront *cinq pour cent* en sus des enchères, applicables aux frais.

L'exposition mettant le public à même de se rendre compte de l'état des objets, il ne sera admis aucune réclamation une fois l'adjudication prononcée.

Paris. — Imp. de l'Art E. Ménard et Cⁱᵉ, 41, rue de la Victoire.

DÉSIGNATION DES OBJETS

AMEUBLEMENT — BRONZES ET CURIOSITÉS

1 — Très beau meuble de salon de style Louis XIV, en bois sculpté et doré, richement garni de velours de Gênes, à corbeilles de fleurs et rinceaux en rouge cramoisi à tons dégradés sur fond vieil or. Il est composé d'un canapé, six fauteuils, quatre chaises.

2 — Belle table de salon, d'un riche modèle, de style Louis XIV, en bois sculpté et doré, sa ceinture ornée de motifs d'entrelacs avec mascaron au centre et pendentif à guirlandes et lambrequin ; dessus de marbre campan.

3 — Fauteuil de bureau de style Louis XVI, à châssis rond et tournant en bois finement sculpté, à rangs de piastres, de feuillages et de perles, et peint en blanc à deux tons dégradés. Travail de Dromard.

4 — Deux colonnes torses du temps de Louis XIII, en bois sculpté à feuillages et doré.

5 — Deux fauteuils confortables garnis d'étoffe brochée à fleurs sur fond rose.

6 — Deux petits fauteuils carrés garnis de velours et d'étoffe brochée à fleurs sur fond blanc.

7 — Charmant dos-à-dos de style Louis XVI, en bois sculpté et doré garni de canne. La ceinture ornée d'un rang de rosaces et d'enroulements, les pieds fuselés agrémentés de feuillages.

8 — Deux petits fauteuils carrés en peluche rouge à torsades, et garniture d'ancienne broderie d'or et de soie.

9 — Chaise-chauffeuse garnie de peluche et de soierie Louis XVI.

10 — Sièges et tentures de salon, riches étoffes.

11 — Crédence en bois sculpté, de style gothique, surmontée d'un dais.

12 — Console Louis XVI en bois sculpté et doré, ceinture à frise de postes ajourées, ornée de

draperies retombant sur les deux pieds reliés
par un entrejambes à vase ; dessus de marbre.

13 — Petite console Louis XV à deux pieds,
composée d'ornements rocailles en bois
sculpté et doré ; dessus de marbre.

14 — Deux petits supports-appliques Louis XIV,
en bois sculpté et doré.

15 — Deux frontons Louis XV en bois sculpté à
jour et doré.

16 — Deux appliques Louis XIV à deux lumières,
en bois sculpté à jour, à volutes et draperies,
et dorées.

17 — Lustre Louis XIV à huit lumières, en bois
sculpté et doré.

18 — Petit lustre à douze lumières en bois peint,
doré et garni de fleurettes de porcelaine.

19 — Devant de coffre en bois sculpté du temps
de Louis XIII, représentant trois naïades.

20 — Deux petites appliques italiennes en bois
sculpté et doré.

21 — Deux statuettes de saintes femmes en bois
sculpté du XVIe siècle.

22 — Deux supports-appliques Louis XV en bois sculpté, composés d'ornements rocailles.

23 — Petit modèle de chaire en bois, moulure du xviiie siècle.

24 — Pendule Louis XVI en bronze, représentant une figure allégorique de la Prudence assise et appuyée sur le cadran, avec socle à mascaron et guirlandes.

25 — Deux figures d'amours assis, allégories de l'Été et de l'Automne, en bronze doré du xviiie siècle.

26 — Deux petits chenets Louis XIV, à figures d'enfants tenant des guirlandes, assis sur des socles à quadrillages, en bronze doré.

27 — Deux têtes de chérubins en bronze du temps de Louis XIII.

28 — Vase à piédouche en bronze doré, du temps de Louis XV, à motifs rocaille.

29 — Petit buste de femme drapée en bronze, du xviiie siècle, à patine verte; socle en marbre blanc.

30 — Deux appliques Louis XV, à deux lumières, en bronze doré.

31 — Deux autres bras Louis XV, à deux lumières,
à ornements rocaille.

32 — Deux bras-appliques Louis XVI, à une lu-
mière, à nœud de rubans et guirlandes, en
bronze doré.

SURTOUT DE TABLE

33 — Beau surtout de table en bronze argenté de
chez Christofle, composé d'une grande coupe
et de deux plus petites, genre Louis XV, or-
nées de groupes de cerfs, de sangliers et de
chamois, avec branches de chêne détachées
et motifs rocaille à écussons, et de quatre can-
délabres à sept lumières, de même style.

TABLEAUX

34 — **Boucher** (École de). Le Galant Berger.
Peinture décorative en camaïeu.

35 — **Baptiste**. Bouquet de fleurs.

36 — **Bellanger**. Moulin au bord d'une rivière, dans un site accidenté. Importante gouache.

37 — **Bellanger**. Paysage traversé par une rivière, avec ruines à gauche. Importante gouache.

38 — **Gryef**. Nature morte, oiseaux.

39 — **Fragonard** (Attribué à). Henri IV et Gabrielle d'Estrée.

40 — **Franck**. La Toilette de Vénus.

41 — **Flandrin** (**H.**). Portrait de M. de T....

42 — **Ferg**. Campement pour une kermesse. Cadre sculpté.

43 — **Guyard** (Attribué à **M**^{me}). Fillette tenant des fleurs.

44 — **Heda** (Attribué à). Nature morte, orfèvrerie, huîtres et coquillages posés sur une table.

45 — **Hoet** (**G.**). Bergère, enfant et moutons.

46 — **Lacroix**. Pêcheurs dans une crique de rochers.

47 — **Ledoux** (**M**^{lle}). Enfant en buste.

48 — **Mario di Fiori**. Bouquets de fleurs dans des vases. Deux pendants.

49 — **Mario di Fiori**. Fleurs et faïences. Deux pendants.

5o — **Van der Neer** (Genre de). Clair de lune.

51 — **Saftleven** (**H.**). Habitations rustiques.

52 — **Wouwerman** (**Pierre**). Halte de cavaliers. Cadre ancien en bois sculpté.

53 — **Verdussen**. Intérieur rustique.

54 — **Zucarelli**. Pâtres dans un paysage. Beau cadre en bois sculpté.

55 — **École hollandaise**. Bouquets de fleurs dans des vases de faïence. Quatre peintures pour feuilles de paravent.

56 — **École flamande**. La Sorcière. Dessin à la sépia.

57 — **École italienne**. Sainte Famille. Dessin à la sépia.

58 — **École espagnole**. Portrait de femme en buste, avec riche costume du xvie siècle.

59 — **École française**. Renaud et Armide.

60 — **École française**. L'Enlèvement d'Europe.

61 — **I V M** (Monogramme). Guirlande de fleurs.

GRAVURES & LITHOGRAPHIES

62 — **Rembrandt**. La pièce aux cent florins.

63 — *Médée*, d'après Delacroix, et *Faust*, d'après Ary Scheffer. Deux lithographies.

LIVRES

Environ 800 volumes : littérature, beaux-arts, jurisprudence, collection du *Journal des économistes*, Dalloz, Répertoire général de jurisprudence, *Revue des Deux-Mondes*, etc.

Les livres seront vendus au commencement de la vacation.